Franck

Mangeur-de-colle,
ami de Julie
et quart de segment
d'un mille-pattes humain.

Rocky

Le meilleur ami de Julie
depuis TOUJOURS
et détenteur
d'une bague Superman
qui disparaît.

Monsieur Carpo

Le maître de Julie,
alias M. Crapo,
meilleur professeur de CM1
du monde.

Souris

Le chat de Julie.
Agile participant au Concours
d'animaux célèbres de Câlins et Canines.

Un mauvais jour

Julie Chonchon ne voulait pas que l'été s'arrête. Elle n'avait aucune envie de se brosser les cheveux tous les jours. Aucune envie d'apprendre l'orthographe des mots. Et certainement pas envie de s'asseoir à côté de Franck Biglo, réputé pour manger de la colle en classe.

Julie Chonchon était de mauvais poil.

C'était un jour comme ça. Un mauvais jour. Un jour à faire la tête. Même l'odeur de ses nouveaux crayons Grognons ne l'incitait pas à sortir de son lit.

— Rentrée des classes ! claironna sa mère. Debout là-dedans !

Julie Chonchon remonta sa couette et tira l'oreiller par-dessus sa tête.

— Julie ? Tu m'entends ?

— GRRRR ! répondit celle-ci.

Il allait falloir s'habituer à un nouveau pupitre et une nouvelle salle de classe. Son nouveau pupitre n'aurait pas d'autocollant avec son nom dessus comme celui de l'année dernière. Sa nouvelle classe n'aurait pas de porc-épic baptisé Roger.

En plus, avec sa chance habituelle, on allait la coller au premier rang, où M. Carpo la verrait chaque fois qu'elle voudrait faire passer un mot à son meilleur ami, Rocky.

Maman passa de nouveau la tête dans la chambre de Julie.

— Et tu penses à te brosser les cheveux, d'accord ?

Un des pires trucs avec la rentrée des classes c'est que tout le monde revenait de vacances avec des nouveaux T-shirts marqués « DISNEYLAND » ou « AQUALAND » ou « JAMESTOWN : VILLE DE POCAHONTAS ». Julie vida son premier tiroir, puis le dernier et même celui de ses petites culottes : pas un seul T-shirt à texte.

Elle enfila son pantalon de pyjama à rayures de tigre et un vieux T-shirt sans rien marqué dessus.

— Elle est en pyjama ! s'écria son frère Pock, en la voyant descendre. Tu peux pas aller à l'école en pyjama !

Pock croyait tout savoir depuis qu'il allait entrer au CP. Julie le fusilla d'un de ses redoutables regards d'elfe enragé.

— Julie se changera après le petit-déjeuner, dit Maman.

— Spécial rentrée ! Je t'ai préparé un œuf au plat, annonça triomphalement Papa, le soleil dans ton assiette ! Avec du pain de mie pour saucer.

Le jaune d'œuf avait éclaté. Il n'avait rien d'un soleil. Julie le fit glisser vers sa serviette et le donna à manger à Souris, leur chat.

— L'été est fini et je suis allée nulle part, rouspéta-t-elle.

— Tu es allée chez ta grand-mère Lou, dit Maman.

— Mais je n'ai pas quitté l'État de Virginie, c'est pas juste. J'ai pas mangé de hot-dogs, j'ai pas fait de grand huit et j'ai pas vu de baleines.

— Tu as conduit une auto-tamponneuse !

— Des mini-tamponneuses. Au centre commercial, précisa Julie.

— Tu as pêché et tu as mangé du requin, dit Papa.

— Elle a mangé un requin ? demanda Pock.

— J'ai mangé un requin ? demanda Julie.

— Mais oui ! Rappelle-toi, le poisson que nous avons acheté au marché le jour où nous n'avons rien attrapé !

— J'ai mangé un requin ! s'écria Julie Chonchon.

Elle courut à sa chambre et retira son T-shirt. Avec un gros feutre, elle dessina une immense

gueule de requin pleine de dents sous laquelle elle écrivit : J'AI MANGÉ UN REQUIN, en lettres majuscules.

Julie sortit comme une flèche et courut jusqu'à l'arrêt de bus. Pas question d'attendre Pock. Pas question d'attendre que Papa et Maman pensent à lui faire un câlin de rentrée. Elle était pressée de montrer à Rocky son nouveau T-shirt.

Elle en oublia presque de faire la tête, jusqu'à ce qu'elle voie son meilleur ami s'amuser avec son jeu de cartes à l'arrêt de bus. Il portait un T-shirt bleu et blanc trop beau avec des lettres tarabiscotées et une photo de l'attraction du Monstre du Loch Ness.

— Comment tu trouves mon nouveau T-shirt ? demanda-t-il.

— Bof, répondit Julie Chonchon, même si au fond d'elle-même elle le trouvait trop beau.

— J'aime bien ton requin, dit Rocky. Et comme Julie ne desserrait pas les dents, il demanda : tu boudes, ou quoi encore ?

— Quoi encore, rétorqua Julie Chonchon.

GrrRr !

Quand Julie Chonchon arriva en classe de CM1, son maître, M. Carpo, se tenait près de la porte pour accueillir les élèves.

— Bonjour, Julie !

— Bonjour, monsieur Crapo ! Euh… pardon, marmonna Julie en pouffant de rire.

— Les enfants, accrochez vos sacs à dos sur les portemanteaux et rangez vos pique-niques dans les casiers.

Julie Chonchon passa la salle en revue.

— Vous avez un porc-épic qui s'appelle Roger ? demanda-t-elle à M. Carpo.

— Non, mais nous avons une tortue : Ninja. Tu aimes les tortues ?

Elle ADORAIT les tortues ! Mais elle se retint juste à temps.

— Non, j'aime les crapauds.

Julie ne tenait plus, tellement elle avait envie de rire.

— Rocky, assieds-toi là-bas près de la fenêtre, et Julie, tu es ici, devant moi, dit M. Carpo.

— J'en étais sûre, commenta-t-elle.

Elle examina son nouveau pupitre du premier rang. Pas l'ombre d'un autocollant avec son nom dessus.

Et devinez qui s'assit de l'autre côté de l'allée : Franck Biglo le Mangeur-de-colle. Il regarda Julie du coin de l'œil et s'amusa à replier son pouce complètement en arrière, pour toucher son poignet. Julie lui tira une langue roulée comme un hot-dog.

— Toi aussi tu aimes les requins ? demanda-t-il en lui faisant passer une petite enveloppe blanche sur laquelle il avait écrit son nom.

Ils avaient dansé ensemble à la maternelle et depuis ce jour-là il ne lui lâchait pas la grappe. En CP, Franck Biglo lui avait envoyé cinq cartes de vœux à la Saint-Valentin. En CE1, il lui avait offert un gâteau à Halloween et un autre à Noël. Et maintenant, premier jour de CM1, il l'invitait à sa fête d'anniversaire. Julie jeta un coup d'œil au carton d'invitation… Il s'y prenait trois semaines à l'avance ! Même un vrai requin ne réussirait pas à décourager Franck Biglo.

— Je peux regarder dans ton pupitre ? demanda Julie. Il se décala. Pas de colle à l'horizon.

M. Carpo était debout devant la classe. Sur le tableau, il avait écrit en gros : GIANNI LE ROI DE LA PIZZA MARGARITA.

— Ça veut dire qu'on aura de la pizza margarita à déjeuner ? demanda Julie.

— Orthographe ! répondit M. Carpo en posant son doigt sur ses lèvres comme s'il s'agissait d'un secret. Tu verras.

Ensuite il ajouta :

— Alors les enfants, écoutez-moi bien ! Nous allons commencer l'année par un projet qui va nous aider à mieux faire connaissance. Chacun d'entre vous fabriquera son propre panneau personnel, son PANNEAU PERSO. Tout ce qui VOUS concerne. Vous pouvez dessiner ou découper des images que vous collerez sur votre panneau afin que le reste de la classe sache qui VOUS êtes.

Un Panneau Perso ! Julie trouva l'idée amusante, mais se garda bien de le dire.

— Vous n'allez pas nous demander de dessiner notre arbre généalogique ? demanda Jessica Finch.

— Je vais faire circuler une liste de suggestions, vous pourrez parler de votre famille si vous voulez. Chacun aura un classeur dans lequel il rassemblera ce qu'il pense ajouter à son collage. On y reviendra tout au long du mois. Et fin septembre, vous vous présenterez les uns aux autres.

Durant tout le cours d'Histoire, Julie ne pensa qu'à une chose : elle-même. Julie Chon-chon, star de son propre Panneau Perso. Fina-lement, cette année de CM1 ne démarrait pas si mal.

— Les enfants, il est temps de passer à l'ortho-graphe.

— Beurk ! L'orthographe…, marmonna Julie entre ses lèvres, se rappelant qu'elle était de mauvais poil.

— Beurk ! L'orthographe…, renchérit Franck Biglo, mille fois d'accord.

Julie lui lança un regard noir.

— Sortez une feuille de papier et trouvez-moi cinq mots cachés dans la phrase écrite au tableau : GIANNI LE ROI DE LA PIZZA MARGARITA.

— « Rigolo, non ? » disait un mot que Franck passa à Julie.

« Non » écrivit-elle en retour sur sa main qu'elle tourna ostensiblement vers lui.

Julie sortit sa toute nouvelle boîte de CRAYONS GROGNONS – pour les humeurs de dogue, précisait l'emballage. Rien de tel qu'un crayon levé du mauvais pied !

Parfait. Le nouveau crayon Grognon l'aida à réfléchir. Elle trouva les mots NAIN, MAGIE, GNOME cachés dans la phrase de M. Carpo. Au lieu de cela, elle nota (1) NON (2) NON (3) NON (4) NON (5) NON.

— Voyons, qui veut bien nous faire part des cinq mots qu'il a trouvés ? demanda M. Carpo.

Julie leva la main la première.

— Julie ?

— NON, NON, NON, NON et NON ! proposa Julie.

— Ça ne fait qu'un mot. Il m'en faut encore quatre. Tu vas venir les écrire au tableau.

Julie Chonchon n'écrivit ni NAIN, ni GNOME, ni MAGIE. Elle avait trouvé mieux : RAT et RAGE.

— Et RAVAGÉ ? s'écria Rocky.

— Il n'y a pas de V, fit remarquer Franck Biglo. « TIGRE » écrivit Julie.

— Et peux-tu me faire une phrase avec l'un de ces mots, Julie ? demanda M. Carpo.

— Le tigre mange le rat avec rage.

Toute la classe hurla de rire. Franck riait tellement qu'il grogna comme un cochon.

— Serais-tu de mauvaise humeur aujourd'hui ? demanda M. Carpo.

— GRRRR ! répondit Julie Chonchon.

— Dommage, fit-il. J'allais te proposer d'aller chercher la pizza qui nous attend dans la salle des maîtres. Cadeau de rentrée !

— De la pizza ? De la pizza, pour de vrai ?

La classe entière bourdonnait d'excitation.

Julie Chonchon voulait être celle qui irait chercher la pizza. Celle qui ouvrirait le carton.

Elle voulait récupérer la mini-table en plastique à trois pieds qui empêchait le couvercle de coller à la pizza.

— Un volontaire ? demanda M. Carpo.

— Moi ! cria Julie.

— Moi ! Moi ! Moi ! Moi ! Moi ! criaient tous les enfants à la fois, agitant leurs mains comme autant de moulins à vent.

Rocky leva la sienne sans rien dire.

— Rocky, veux-tu aller chercher la pizza ?

— Volontiers ! répondit Rocky.

— Veinard ! commenta Julie.

Rocky revint avec la pizza et M. Carpo leur lut un chapitre d'une histoire de chien dévoreur de pizza, tandis que chacun mâchait en silence son carré riquiqui de pizza margarita.

À la fin du chapitre, Julie demanda :

— M. Carpo, je peux garder la table de la pizza ?

— C'est vrai qu'on dirait une mini-table, Julie. Je n'y avais jamais pensé.

— Je les collectionne, dit Julie Chonchon.

Elle ne les collectionnait pas vraiment – pas encore. Pour l'instant, elle possédait une collection de vingt-sept mites mortes, une poignée de vieilles croûtes de cicatrices, une douzaine de cure-dents fantaisie, des centaines de pansements Tricosteril, un carton plein de morceaux de corps (de poupées !) dont trois têtes de Barbie, et quatre gommes encore neuves en forme de balles de base-ball.

— Faisons un marché, proposa M. Carpo. Si tu crois pouvoir arriver en classe de bonne humeur demain, elle est à toi. Qu'en dis-tu ?

— Oui, monsieur Carpo, répondit Julie. Oui, oui, oui, oui, OUI !

Table de pizza

En tête-à-tête

Julie apprenait à Souris à marcher sur deux pattes quand le téléphone sonna.

— Allô ? Allô ?

Elle n'entendait que de l'air à l'autre bout du fil.

— Allô ? demanda-t-elle à l'air.

— Julie, c'est toi ? Tu as demandé si tu pouvais venir à mon anniversaire ? demanda une voix.

Une voix à la Franck Biglo. Ça ne faisait que deux jours qu'il lui avait donné l'invitation.

— Erreur de numéro, dit Julie en raccrochant.

Elle fit balancer sa nouvelle table de pizza au bout d'une ficelle sous le nez de Souris.

Le téléphone se remit à sonner.

— Allô ? Je suis bien chez les Belhumeur ?

— Ce n'est pas le moment, Franck, je suis en plein milieu d'une expérience archi-importante.

— D'accord. Salut.

Le téléphone sonna une troisième fois.

— J'ai pas encore terminé mon expérience ! hurla Julie dans le téléphone.

— Quelle expérience ? demanda Rocky.

— T'occupe, répondit Julie.

— Allons chez Vick, suggéra Rocky. Je dois acheter un truc pour mon Panneau Perso. Vick était la supérette en bas de la côte, avec un distributeur de malabars rempli de super cadeaux, du genre surprises magiques ou tatouages qui partent au lavage.

— Attends, je demande, dit Julie. Maman, je peux aller chez Vick avec Rocky ?

— C'est bon ! fit Julie en abandonnant la table de pizza aux griffes de Souris.

— Moi aussi, j'y vais, dit Pock.

— Pas question, décréta Julie.

— Vous pourriez l'emmener, Rocky et toi, dit Maman en la regardant droit dans les yeux.

— Mais il ne sait pas traverser la frontière entre la Chine et le Japon, protesta Julie.

Seuls ses meilleurs amis savaient que le premier ralentisseur sur la route représentait le passage en Chine et le second, celui vers le Japon.

— Il suffit de lui apprendre.

— Oui, apprends-moi !

— Rendez-vous à la bouche d'égout, répondit Julie dans le téléphone.

La bouche d'égout était pile à mi-chemin entre la porte d'entrée de chez Julie et celle de chez Rocky. Ils avaient mesuré l'été dernier avec une très longue pelote de ficelle.

Elle sortit en courant, Pock sur ses talons.

Rocky avait un dollar. Julie avait un dollar. Pock avait six cents.

— À nous deux, on peut acheter huit malabars, dit Rocky.

— Alors, on fait un «tête-à-tête»? rigola Julie. Pigé?

Elle sortit de sa poche un billet d'un dollar qu'elle défroissa pour bien montrer la tête de George Washington.

— Eh bien moi, j'ai six têtes, dit Pock en sortant ses pièces.

— Normal, t'es un monstre! Pigé?
Julie et Rocky se tordirent de rire.

Pock n'avait même pas de quoi s'acheter un malabar.

— Vous allez vous décrocher les mâchoires à mâcher huit malabars, dit Pock. Je pourrais au moins vous en manger deux.

— C'est pour les surprises, expliqua Julie.

— À un dollar les quatre, on a huit chances de gagner une surprise, expliqua Rocky. Il m'en faut une pour mon Panneau Perso.

— Attends, attends ! dit Julie. Maintenant que j'y pense, j'ai besoin de mon dollar pour m'acheter des Tricosteril.

— C'est nul les Tricosteril, commenta Pock. Et puis, t'en as dix millions. Papa dit qu'on a plus de Tricosteril dans notre salle de bains que la Croix-Rouge.

— Mais je veux devenir médecin, dit Julie. Comme Elizabeth Blackwell, la Première Femme Médecin au monde ! Elle a fondé son hôpital à elle. Elle savait opérer et recoller les membres arrachés et tout.

— Membres arrachés, beurk ! dit Pock.

— Tu as récupéré des coupons de Tricos-teril tout l'été, dit Rocky. Je croyais que tu avais de quoi commander ta poupée médecin.

— Ça c'est fait. Je l'ai commandée. En juillet. Je l'attends toujours mais maintenant j'ai besoin d'un microscope. Tu peux regarder du sang ou des croûtes ou ce que tu veux avec !

— Quand est-ce qu'on arrive en Chine ? demanda Pock.

— On est toujours rue Jefferson, Pock, répondit Rocky.

— Cherchons des trésors le temps d'arriver en Chine, suggéra Pock.

— À qui trouvera le plus beau ! lança Rocky.

Tous les trois scrutèrent le sol en marchant. Julie trouva cinq cailloux roses et une vignette Bazooka Joe avec un message disant : VOUS ALLEZ BIENTÔT ÊTRE RICHE. Rocky trouva une pièce de Lego bleue et une pierre avec un trou en plein milieu – une pierre porte-bonheur.

5 Cailloux Roses   Vignette de malabar   Lego bleu   Pierre porte-bonheur

— Moi, j'ai trouvé un diamant noir ! s'écria Pock.

— C'est du charbon, dit Julie.

— Plutôt du verre, précisa Rocky.

— Minute ! ajouta Julie en adressant à Rocky un regard complice. Je crois bien que c'est un morceau de lune ! Pas toi, Rocky ?

— Si, si. À tous les coups !

— Comment tu sais ? demanda Pock.

— Y a des cratères, expliqua Julie.

— Comment est-elle arrivée là ? reprit Pock.

— Elle est tombée du ciel.

— Pour de vrai ?

— Pour de vrai, confirma Rocky. Dans mon magazine *Détritus de l'espace*, on raconte qu'une pierre de lune tombée de l'espace a fait un grand trou en Arizona.

— Et l'année dernière, notre maître nous a raconté qu'une pierre de lune avait écrasé un chien en Égypte. Je blague pas, dit Julie à son frère. T'as de la chance, les pierres de lune ont des milliards d'années.

— D'après *Détritus de l'espace*, une pierre de lune doit être poussiéreuse en surface et scintillante à l'intérieur, précisa Rocky.

— Je ne vois qu'un seul moyen de vérifier si c'est bien une pierre de lune, dit Julie.

Elle chercha une grosse pierre. Et cette pierre, elle la fit tomber de tout son poids sur l'échantillon de Pock qu'elle réduisit en miettes.

— Tu l'as pulvérisée ! s'écria Pock.

— Regardez ça ! dit Rocky.

— Pock, t'as vraiment trouvé une pierre de lune, conclut Julie.

— C'est PLUS une pierre de lune ! pleura Pock.

— Écoute, Pock, raisonna sa sœur, dis-toi que t'as mieux qu'une pierre de lune.

— Qu'est-ce qui pourrait être mieux qu'une pierre de lune ?

— Des tonnes de poussière de lune !

Julie et Rocky étaient morts de rire.

— Je rentre à la maison, dit Pock.

Il ramassa des poignées de miettes de pierre et remplit ses poches de crasse noire.

Julie et Rocky riaient encore en arrivant en Chine. Ils coururent à reculons jusqu'au Japon, puis sautèrent à cloche-pied tout en se tapotant la tête jusque chez Vick.

Chez Vick, ils mirent leurs billets « tête-à-tête » pour acheter une boîte de Tricosteril et il y avait encore de quoi s'acheter un malabar chacun. Mais ni l'un ni l'autre ne tomba sur une surprise. Même pas un elfe, ni une mini bande dessinée, ni un tatouage.

— Et si je mettais un malabar sur mon collage, dit Rocky. Tu vas coller des Tricosteril sur le tien ?

— Bonne idée ! dit Julie.

— Il nous reste cinq cents, dit Rocky.

Ils achetèrent un Crocodile pour Pock.

Dès qu'il les vit s'approcher, Pock courut à leur rencontre, ses poches tintant de pièces. Il avait aligné des sachets en papier kraft sur les marches devant la porte.

— Devinez quoi ! cria-t-il. J'ai gagné trois dollars depuis que je suis rentré à la maison !

— Je te crois pas, dit sa sœur.

— Montre, fit Rocky.

Pock vida ses poches. Rocky compta douze pièces de vingt-cinq cents.

— T'as mis quoi dans les sacs ? demanda Julie. Des petits pains, peut-être ?

— Ouais, alors qu'est-ce que tu vends ? ajouta Rocky.

— De la poussière de lune, répondit Pock.

Mon animal préféré

Ce samedi-là, Julie leva la tête de son Panneau Perso étalé sur la table de la salle à manger.

— Il nous faut un nouvel animal, annonça-t-elle à sa famille.

— Un nouvel animal? Tu n'aimes plus Souris? demanda Maman.

Souris ouvrit un œil.

— Je dois choisir MON ANIMAL PRÉFÉRÉ. Comment voulez-vous que je choisisse mon préféré si je n'en ai qu'un?

— Choisis Souris, dit Maman.

— Souris est vieux et il a peur de son ombre. Souris est une boule de poils qui ronronne.

— Tu ne penses pas à un chien, j'espère, intervint Papa.

Souris sauta de la chaise et s'étira.

— Non, pauvre Souris, ça ne lui plairait pas du tout.

— Un poisson rouge ! suggéra Pock.

Souris se frotta contre la jambe de Julie.

— Ça, ça lui plairait trop, dit Julie. Je pensais à un paresseux à deux doigts.

— Bien sûr, dit Pock.

— C'est cool, ajouta Julie.

Elle lui montra une photo dans son magazine sur les forêts tropicales.

— Tu vois ? Ils passent leur journée à l'envers. Même quand ils dorment.

— C'est toi qui es complètement à l'envers, fit Pock.

— Et ça se nourrit de quoi ? demanda Papa.

— De fourmis coupe-feuilles et de crapauds à ventre de feu, lut Julie dans son magazine.

— Facile, dit Pock.

— J'ai une idée, dit Papa. Allons à l'animalerie. Je ne te garantis rien pour le paresseux,
mais on peut regarder. Et ça m'aidera peut-être
à trouver un poisson en cinq lettres commençant
par M pour finir mes mots croisés.

— Allons-y tous ensemble, décida Maman.

Chez Câlins et Canines, Julie vit des serpents et des perroquets, des bernard-l'ermite et des guppys. Elle vit même un nom de poisson à cinq lettres commençant par M : Molly noir.

— Vous avez des paresseux à deux doigts ? demanda-t-elle à la vendeuse de l'animalerie.

— Désolée, plus un seul.

— Que dirais-tu d'un triton ou d'une tortue ? suggéra Papa.

— Tu as vu les hamsters ? proposa Maman.

— C'est pas la peine, y a rien ici qui vienne des forêts tropicales.

— Peut-être qu'ils ont des punaises vertes, suggéra Pock.

— On en a assez d'un qui pue, lui balança Julie en le fusillant de son regard spécial meurtrière.

Ils choisirent une souris en caoutchouc qui couine pour Souris. Au moment de payer, Julie

repéra une plante verte pleine de dents posée sur le comptoir.

— C'est quoi ça ? demanda-t-elle à la vendeuse de l'animalerie.

— Une dionée gobe-mouches, dit la dame. Ce n'est pas exactement un animal, mais c'est pas cher et facile à entretenir. Tu vois ces battoirs dont on dirait des bouches avec des dents ? Chacune se referme comme une trappe. Ça mange les insectes qui passent dans la maison. Des mouches et des fourmis, ce genre-là. Tu peux même lui donner du steak haché cru.

— Trop fort ! dit Julie Chonchon.

— Cool ! s'exclama Pock.

— Bonne idée, renchérit Maman.

— Vendu, adjugea Papa.

Julie posa son nouvel animal de compagnie sur son bureau, pile dans l'axe d'un rayon de soleil. Souris, l'œil entrouvert, surveillait la scène depuis le lit du bas.

— J'ai hâte de montrer mon nouvel animal en classe, dit Julie à son frère. Il ressemble trop à une plante rare des forêts tropicales.

— Ah oui ? demanda Pock.

— Oui, dit Julie. Regarde. Si ça se trouve, il y a un médicament miracle caché à l'intérieur de ces dents vertes bizarres. Quand je serai médecin, j'étudierai des plantes comme ça et je découvrirai des remèdes contre les maladies pourries.

— Tu vas l'appeler comment ? demanda Pock.

— Je ne sais pas encore, dit Julie.

— Appelle-le Tête d'insecte, puisqu'il aime les insectes.

— Non, dit Julie.

Julie arrosa son nouvel animal. Elle parsema la terre d'engrais. Elle attendit que Pock soit partis pour lui chanter des chansons. « Il était une vieille dame qui avait avalé une mouche… » Et ainsi de suite jusqu'à ce que la vieille dame avale un cheval.

Mais elle ne trouvait toujours pas de nom. Raminagrobis ? Trop long. Truc ? Peut-être.

— Pock ! cria-t-elle. Va me chercher une mouche.

— Une mouche ? demanda Pock.

— Une mouche et je te file dix cents.

Pock courut à la fenêtre derrière le canapé et rapporta une mouche.

— Beurk ! Elle est morte !

— Elle serait morte d'une minute à l'autre de toute façon.

Julie ramassa la mouche morte avec la pointe de sa règle et la déposa sur une des trappes. Hap ! Le piège se resserra autour de la mouche. Exactement comme l'avait dit la vendeuse de l'animalerie.

— Trop fort ! dit Julie.

— Clac ! Gniâk ! s'écria Pock pour les effets sonores.

— Va me chercher une fourmi. Vivante cette fois.

Pock, qui voulait revoir le gobe-mouches en action, revint avec une fourmi pour sa sœur.

— Clac ! Gniâk ! s'écrièrent ensemble Julie et Pock quand un autre piège se referma.

— Trop fort, trop fort ! Pock, va me trouver une araignée ou ce que tu veux.

— J'en ai marre de chercher des insectes, râla Pock.

— Alors va demander à Maman et Papa si on a du steak haché cru.

Pock fronça les sourcils.

— S'il te plaît, je t'en prie, mon petit frère chéri que j'adore… le supplia Julie.

Pock ne bougeait pas.

— Je te laisserai faire cette fois.

Pock courut à la cuisine et revint avec une poignée de viande crue. Il en fit tomber un gros morceau dans la trappe béante.

— T'es fou ! C'est beaucoup trop ! hurla Julie, mais il était trop tard.

La bouche se referma d'un clac ! Des bouts de viande débordaient de tous les côtés.

Beurp ! La tige s'écroula, couchée sur la terre.

En voilà une...

... magnifique !

Fourmi, fourmi... !

Pas question !

Clac ! Gniâk !

Beurp !

— Tu l'as tué ! Tu vas le regretter, Pock. MAMAN ! PAPA ! appela Julie.

Julie montra à ses parents ce qui était arrivé.

— Pock a tué mon gobe-mouches !

— Je n'ai pas fait exprès, dit Pock. La bouche s'est refermée à toute vitesse !

— Elle n'est pas morte. Elle digère, expliqua Papa.

— Tu verras que les mâchoires seront ouvertes demain matin, ajouta Maman.

— Peut-être qu'elle dort au fond, dit Pock.

— Au fond, oui, c'est ça, bougonna Julie.

Dents de la terre

Le lendemain arriva. Les mâchoires étaient toujours fermées. Julie essaya de les réveiller avec une fourmi toute fraîche.

— Tiens, c'est pour toi, dit-elle de sa voix la plus mielleuse. T'aimes ça, n'est-ce pas ?

Les mâchoires ne daignèrent même pas s'ouvrir d'un mini-centimètre. La plante ne remuait pas le moindre poil.

Julie renonça. Elle cala avec précaution la plante au fond de son sac à dos. Elle l'emporterait à l'école, malgré son bout de viande qui puait, beurk et tout.

Dans le bus, Julie montra à Rocky son nouvel animal.

— J'avais tellement hâte que vous le voyiez gober des insectes. Maintenant il veut même plus bouger. En plus, il pue.

— Sésame, ouvre-toi ! s'écria Rocky essayant des mots magiques.

Rien n'y fit.

— Peut-être que le bus va le secouer.

— Peut-être, soupira Julie.

Mais même les secousses du bus ne décidèrent pas son nouvel animal à desserrer les mâchoires.

— Si ce truc meurt, j'ai plus que Souris comme ANIMAL PRÉFÉRÉ, dit Julie.

M. Carpo accueillit la classe :

— Allez, les enfants, sortez vos classeurs Perso. Je vais distribuer des magazines et vous aurez une demi-heure pour découper les photos qui vous intéressent. Nous avons encore trois semaines, mais je veux voir où vous en êtes.

Son classeur de Panneau Perso ! Julie avait été tellement accaparée par son nouvel animal qu'elle l'avait oublié à la maison.

Elle jeta un regard rapide vers le classeur de Franck Biglo. Il avait découpé des photos de macaroni (son plat préféré ?), de fourmis (son animal préféré ?) et de chaussures. Des chaussures ? Le meilleur ami de Franck Biglo serait une paire de chaussures ?

Julie se pencha sur son sac à dos ouvert à ses côtés. Les mâchoires étaient encore fermées.

Maintenant même son sac à dos était contaminé par l'odeur pestilentielle. Elle sortit la paille de son jus de fruit et s'en servit pour titiller le gobe-mouches. Rien à faire. Il ne s'ouvrirait jamais à temps pour les exposés.

— Alors ? demanda Franck.

— Alors quoi ?

— Alors tu viens ?

— Où ça ?

— À mon anniversaire. Samedi prochain. Tous les garçons de la classe viennent. Et aussi Nicky et Sandy qui habitent à côté.

Il aurait pu inviter le président en personne, pour ce que ça pouvait lui faire ! Julie Chonchon renifla son sac à dos. Ahh, cette odeur de putois !

— Qu'est-ce qu'il y a dans ton sac ? demanda Franck.

— T'occupe ! répondit Julie.

— Ça sent le vieux thon crevé ! commenta Franck.

Julie espéra que sa dionée gobe-mouches se réveillerait à temps pour mordre Franck Biglo avant son prochain anniversaire.

M. Carpo s'approcha d'eux.

— Julie, tu n'as rien découpé. Où est ton classeur ?

— J'avais… je veux dire… c'était… puis… enfin, non, dit Julie. On m'a offert un nouvel animal ce week-end.

— Et ton nouvel animal a mangé ton Panneau Perso ?

— Pas exactement. Mais il a mangé une mouche morte et une fourmi vivante. Et ensuite un énorme tas de…

— La prochaine fois, tâche de penser à apporter ton classeur, Julie. Et écoutez-moi tous, pour l'amour du ciel, ne laissez pas vos animaux approcher vos devoirs.

— Mon nouvel animal n'est pas un animal, monsieur Carpo, précisa Julie. Et il ne mange pas les devoirs. Juste des insectes et de la viande crue.

Elle tira la dionée gobe-mouches de son sac à dos. Julie n'en crut pas ses yeux ! La tige ne pendouillait plus. Les mâchoires s'étaient décoincées, elles étaient grandes ouvertes, et la plante criait famine !

— C'est MON ANIMAL PRÉFÉRÉ, dit Julie. Je vous présente Dents de la terre !

Docteur Julie Chonchon

La voilà, enfin ! Julie se dit que la seule et unique meilleure chose au monde qui pouvait lui arriver après Dents de la terre, c'était de trouver au courrier un gros emballage kraft adressé au Docteur Julie Belhumeur. Elle avait envie d'opérer.

— Je peux l'ouvrir ? demanda Pock, s'extirpant de son château fort.

— Tu lis quoi, là ? lui répondit Julie le doigt sur l'étiquette.

— DOCTEUR JULIE BELHUMEUR.

— Parfaitement. Et qui a rassemblé tous les bons ?

— Mais j'en ai demandé pour toi à l'infirmière de l'école ! protesta Pock.

Il lui passa les ciseaux. Julie perça le scotch et écarta les rabats en carton. Souris se mit à jouer avec le ruban adhésif. Pock avançait imprudemment la tête.

— Pock ! Tu ne vois pas que je suis en plein milieu d'une opération !

Julie ouvrit l'emballage de papier de soie et sortit sa poupée médicale.

Depuis le temps qu'elle l'attendait ! Julie posa la poupée sur ses genoux et caressa ses cheveux lisses et soyeux. Elle fit des petits nœuds réguliers pour fermer sa blouse d'hôpital bleue et blanche. La poupée portait un bracelet d'hôpital.

— Elle s'appelle Alissa Vamieu, lut-elle.

— Est-ce qu'elle parle ? demanda Pock.

— C'est écrit que si tu tournes le bouton sur le haut de sa tête, elle tombe malade. Ensuite, tu tournes encore un coup et elle… va mieux. Pigé ?

Julie tourna le bouton sur le crâne de sa poupée jusqu'à ce qu'elle change de tête.

— Elle a la rougeole ! s'écria Pock.

— La poupée parle aussi si tu la serres contre toi.

Julie la serra contre elle.

— J'ai la rougeole, dit Alissa Vamieu.

Julie tourna le bouton jusqu'à ce qu'elle change à nouveau de tête. Elle prit la poupée dans ses bras.

— J'ai la varicelle, dit Alissa Vamieu.

— Cool ! dit Pock. Une poupée malade. À trois têtes.

Julie tourna le bouton une fois de plus et serra la poupée contre elle.

— Ça va mieux ! dit Alissa.

— Je peux la rendre malade, puis guérie ? demanda Pock.

— Non ! C'est moi le docteur.

Julie ouvrit sa trousse de médecin.

— Enfin quelqu'un sur qui m'exercer, soupira-t-elle.

— Tu t'exerces tout le temps sur moi, protesta Pock.

— Quelqu'un qui ne râle pas.

— J'aimerais te voir tenir une lampe et te faire couvrir de pansements. Pourquoi je peux jamais être Elizabeth Blackwell, Première Femme Médecin ?

— D'abord, t'es un garçon.

— Je peux lui mettre le bras en écharpe ?

— Non, dit Julie.

Elle approcha le stéthoscope de l'oreille d'Alissa et alluma la lampe.

— Je peux prendre un flacon de sang dans ta trousse de docteur ?

— Chut ! J'écoute !

Julie posa son stéthoscope sur le cœur d'Alissa. Ensuite elle écouta celui de Pock.

— Mmm…

— Quoi ? demanda Pock. Qu'est-ce que tu entends ?

— Des battements de cœur. Je ne vois qu'une chose.

— Quoi ?

— T''es vivant !

— Je peux écouter un battement de cœur ?

— Bon d'accord ! Mais va d'abord me chercher un verre d'eau pour mélanger du sang.

— Vas-y toi-même, répondit Pock.

— Tu ne touches à rien ! prévint Julie. Tu ne respires même pas !

Julie n'avait pas plutôt passé la porte que Pock tournait le bouton sur la tête de la poupée. Rougeole. Il tourna encore. Varicelle. Pock tourna la tête d'Alissa Vamieu dans tous les sens, de plus en plus vite.

— Zut ! s'énerva Pock.

— Quoi? cria Julie en revenant avec un verre d'eau.

— Sa tête est coincée.

Julie lui arracha Alissa Vamieu des mains.

— J'ai la varicelle, dit Alissa.

Julie essaya de tourner le bouton. Pock avait raison. Il était bien coincé. Elle eut beau tourner, tirer, pousser, il n'y avait pas moyen de le faire tourner.

— J'ai la varicelle. J'ai la varicelle, répétait Alissa en boucle.

— Sa tête est bloquée sur la varicelle! geignit Julie.

— C'est pas ma faute, dit Pock.

— Bien sûr que si! Maintenant elle ne guérira jamais!

Julie prit le pouls de la poupée. Elle écouta son cœur. Lui tâta le front pour savoir si elle avait de la fièvre.

— Mon premier patient, et elle aura la varicelle à vie!

Elle apporta la poupée à sa mère. Mais Maman, qui avait pourtant le chic pour dévisser les bocaux de cornichons, ne réussit pas à tourner le bouton. Julie alla voir son père. Mais Papa, à qui pourtant aucun pot de miel ne resistait, ne réussit pas à tourner la tête de la poupée.

— Qu'est-ce que tu vas faire ? demanda Papa.

— Je ne vois qu'une chose.

— Une piqûre ? demanda Maman.

— Non, dit Julie. Des Tricosteril !

— Top ! s'écria Pock.

Pock et Julie collèrent des Tricosteril fantaisie partout sur le visage d'Alissa Vamieu, un par bouton de varicelle. Ensuite, ils lui collèrent des pansements sur tout le corps. Des Tricosteril Bozanimos, Dinosaures, Tatouages, Sirènes… Même des pansements fluos-qui-brillent-dans-le-noir.

— Pour éviter qu'elle se gratte, dit Docteur Julie.

— Je suis très content qu'on ait maîtrisé cette urgence, dit Papa.

Julie essaya une dernière fois de tourner le bouton. Calmement, sans tirer, sans forcer. Tout doucement, sans se presser. La tête d'Alissa pivota et son visage souriant, sans varicelle, réapparut.

— Je l'ai guérie ! s'écria Julie en serrant sa poupée sur son cœur.

— Ça va mieux, dit Alissa Vamieu.

— Comme neuve, dirent Maman et Papa.

— Heureusement qu'elle n'a pas eu une éruption générale, dit Julie. Jamais je n'aurais eu assez de Tricosteril !

Le Club PQ

— Je crois qu'il va pleuvoir quarante jours et quarante nuits, se lamenta Pock.

Julie posa sur le lit de dessus une couverture qu'elle laissa retomber jusqu'au sol pour imiter un dais de forêt tropicale. Ensuite, elle installa Dents de la terre en hauteur pour accentuer l'ambiance jungle. Qui avait besoin d'un paresseux à deux doigts ? Elle grimpa dans son abri et étala son Panneau Perso. Souris la rejoignit.

— Pas des poils sur mon panneau, l'avertit Julie.

Pock passa la tête sous la couverture.

— C'est qui, avec les cheveux électriques ? demanda-t-il en montrant le collage.

— C'est moi, de mauvais poil le jour de la rentrée.

— Je suis où, moi ? Ça intéresse personne de connaître vos petits frères ?

— Nos *somnifrères* tu veux dire ?
se moqua Julie.

Elle lui montra un petit tas de crasse collé dans le coin en bas à gauche.

— Je suis sale, c'est ça ? demanda Pock.

Julie était morte de rire.

— C'est parce que tu vendais de la poussière de lune ! expliqua-t-elle.

— C'est quoi cette tache ? Du sang ?

— Du rouge. MA COULEUR PRÉFÉRÉE.

— C'est un Tricosteril Araignée ? demanda Pock. T'as trouvé où la colle à paillettes ? Je peux venir sous ton dais et recoller mes ailes de chauve-souris avec de la colle à paillettes ?

Son petit frère, le malade des chauves-souris, devenait pire que Franck Biglo.

— Il n'y a pas la place, Pock. C'est sérieux ce que je fais. Il ne me reste plus que deux semaines et quelques pour terminer.

Julie découpa une photo d'Alissa dans une publicité de son magazine *Luna Girl's* et la colla dans la partie médecine, juste à côté de son dessin d'Elizabeth Blackwell d'après l'encyclopédie.

Elle parcourut la liste d'idées de M. Carpo. *CLUBS.* Je ne fais partie d'aucun club, se dit Julie. C'est même pas la peine.

PASSE-TEMPS. Les collections. En tout genre. Impossible pourtant de coller une croûte ou une tête de Barbie sur son panneau. Elle scotcha la table à pizza de sa toute dernière collection – celle que M. Carpo lui avait donnée.

UNE CATASTROPHE. Rien ne lui venait en tête. Peut-être qu'elle n'avait pas encore connu de catastrophe.

UN ÉVÉNEMENT COMIQUE… Le soir où j'ai fait peur à Pock en frappant comme un fantôme à son mur, se dit-elle. Mais comment mettre ça sur son collage ?

Julie chercha des idées pour son Panneau Perso jusqu'à ce que la pluie s'arrête enfin.

Elle appela Rocky.

— Retrouve-moi à la bouche d'égout à cinq heures, dit-elle.

Rocky portait son T-shirt boa. Julie portait son T-shirt boa.

— Chips ! Chips ! s'écrièrent-ils en se frappant les mains en l'air deux fois, comme à chaque fois qu'ils avaient la même idée en même temps.

Julie et Rocky se tenaient sur la bouche d'égout.

— Tu crois qu'il y a quoi sous la rue ? demanda-t-il.

— Des tonnes et des tonnes de vermisseaux.

— Si on en ramassait dans la rue pour les jeter dans l'égout ? suggéra Rocky.

— Trop dégueu ! dit Julie.

— On pourrait chercher des arcs-en-ciel dans les flaques, proposa Rocky.

— Trop difficile ! rétorqua Julie.

— T'entends… ? demanda Rocky. Des crapauds. On pourrait attraper des crapauds !

Rocky courut chez lui chercher un seau.

Ils coincèrent un crapaud et se dépêchèrent de placer un seau sur sa tête.

— Je t'ai eu ! s'écria Julie en le prenant dans sa main. Il est doux mais tout plein de bosses. Un peu frais, mais pas visqueux. Et puis soudain, elle sentit quelque chose de chaud et d'humide dans sa main.

— Beurk ! s'écria-t-elle. Ce crapaud m'a fait pipi dessus.

Elle le rejeta dans le seau.

— C'est sûrement de l'eau de pluie, dit Rocky.

— C'est ça ! Vas-y, alors.

Rocky prit le crapaud. Il le tint dans sa main. Il était doux-plein-de-bosses-frais-et-pas-baveux

tout à la fois. Et puis il sentit un truc chaud et humide sur sa main.

— Beurk ! Maintenant c'est sur moi qu'il a fait pipi.

Il rejeta le crapaud dans le seau.

— Qu'est-ce que je te disais ? gloussa Julie. Et ça nous est arrivé à tous les deux ! Chips !

— Chips ! renchérit Rocky, et ils se frappèrent de nouveau les mains en l'air. Maintenant, c'est comme si on était membres d'un même club. Un club secret qu'on serait les seuls à connaître.

— Ça fait surtout qu'on a un club pour nos Panneaux Perso, dit Julie.

— On l'appelle comment ? demanda Rocky.

— Le Club Pipi Crapaud !

— Fort ! dit Rocky. J'ai une idée. On n'a qu'à mettre Club PC ou mieux : Club PQ pour brouiller les pistes !

— OK ! dit Julie.

— Hé ! Vous faites quoi tous les deux ? demanda Pock, accourant sur le trottoir avec ses grosses bottes en caoutchouc.

— Rien, répondit Julie en s'essuyant les mains sur son pantalon.

— Pas vrai, dit Pock. Je le vois à tes sourcils-chenille.

— Quels sourcils-chenille ?

— Tes sourcils se transforment en grosses chenilles poilues quand il y a quelque chose que tu ne veux pas me dire.

Première fois que Julie Chonchon entendait parler de ses sourcils-chenille.

— Ouais, c'est ça, une chenille qui pique, dit-elle.

— On a formé un club, commença Rocky.

— Un club secret, s'empressa d'ajouter Julie.

— J'adore les secrets, dit Pock. Je veux faire partie du club.

— Tu peux pas juste faire partie du club, expliqua Julie. Il faut que tu sois baptisé.

— Je veux être baptisé.

— Je crois pas, dit Julie.

— C'est dégueu, ajouta Rocky.

— Qu'est-ce qui est dégueu ?

— Oublie, répondit Julie.

— Tu dois ramasser ce crapaud, expliqua Rocky.

— C'est un piège, c'est ça ? C'est pour que je ramasse un vieux crapaud plein de bosses et de bave ?

— Exact, dit Julie.

Pock ramassa quand même le crapaud.

— C'est bizarre. On dirait un cornichon. J'avais encore jamais ramassé un crapaud. Je peux faire partie du club maintenant ?

— Non, décréta Julie.

— Je pensais qu'il serait tout baveux, commenta Pock.

— Attends, dit Rocky.

— Ça va pas me donner des verrues ou je ne sais quoi ?

— Tu sens quelque chose ? demanda Rocky.

— Rien du tout.

— Bon, ben, remets-le à sa place, répliqua Julie. Voilà. Qu'est-ce que je te disais ? Tu ne peux pas faire partie du club.

Pock se mit à pleurer.

— Mais j'ai ramassé le crapaud et je veux faire partie du club.

— Ne pleure pas, dit Julie. Crois-moi, Pock, tu n'aimerais pas faire partie du club.

C'est là que les yeux de Pock se sont ouverts grands comme des soucoupes. Il sentait un truc chaud et humide couler sur sa main. Julie Chonchon et Rocky éclatèrent de rire.

— Alors, ça y est, je fais partie du club ?

— Oui ! Oui ! Oui ! répondirent Julie et Rocky en chœur. Le Club Pipi Crapaud !

— Cool ! s'écria Pock. Je fais partie du Club Pipi Crapaud !

Une catastrophe

Jour-J. Jour fatal. Jour cata. Samedi. Le jour de l'anniversaire de Franck Biglo le Mangeur-de-colle. Je préférerais encore manger dix pots de colle que d'aller à son anniversaire, pensa Julie.

Depuis trois semaines, elle avait rangé l'invitation de Franck Biglo tout au fond de son jeu de Mikado, là où ni Maman ni Papa (qui détestait le Mikado) ne le trouveraient JAMAIS.

Et puis crac ! Pas de chance, le jour même de l'anniversaire, c'est arrivé. Papa l'a su.

Julie Chonchon avait demandé à Papa de l'emmener chez Câlins et Canines acheter de la nourriture pour crapaud. Et au moment où elle se demandait comment elle allait convaincre son père de lui offrir un coffret de têtards avec de vrais œufs de grenouille – *Regardez ces têtards se transformer sous vos yeux ! Vous verrez leurs queues se rétracter, leurs pieds se former, leurs pattes pousser !* –, un autre coffret, exactement pareil, lui rentra dedans.

Les mains qui tenaient le coffret étaient celles de la mère de Franck.

— Julie ! s'écria-t-elle. Comme c'est drôle ! On dirait que nous avons eu la même idée pour le cadeau de Franck ! J'ai pensé qu'il adorerait regarder un têtard se transformer en grenouille. Nous avons failli lui offrir le même cadeau !

— Euh… je n'allais pas… je veux dire, ah oui ?

— Franck est très heureux que tu viennes à son anniversaire.

— Anniversaire ? s'intéressa Papa. De qui ?

— De Franck ! répondit sa Maman. Je suis madame Biglo. La mère de Franck.

— Ravi de faire votre connaissance, dit Papa.

— Moi aussi, dit Mme Biglo. Julie, je te vois cet après-midi, alors. À tout à l'heure !

Mme Biglo remit son coffret de têtards sur l'étagère.

— Franck ADORE les reptiles, ajouta-t-elle.

Les amphibiens, pensa Julie.

— Julie, tu aurais pu me dire que tu cherchais un cadeau pour ton ami. C'est normal que je ne sache rien de cet anniversaire ? demanda Papa.

— Oui.

Dans la voiture, Julie tenta de convaincre son père qu'il y aurait des enfants à la fête qui feraient des bruits mal élevés avec leurs corps et diraient plein de gros mots.

— Tu vas t'amuser, alors.

— Tu sais que Franck Biglo mange de la colle, insista Julie.

— Écoute Julie, tu as déjà son coffret de têtards, dit Papa.

— J'espérais le garder.

— Mais Mme Biglo a reposé le sien en voyant le tien. La moindre des choses, maintenant, c'est que tu le lui offres.

— Il faut que je l'emballe ?

La réponse dans le regard de son père était très claire.

Julie Chonchon emballa le cadeau beau-coup-trop-beau-pour-un-mangeur-de-colle dans du papier journal ennuyeux (pas de bandes dessinées).

L'invitation était à partir de deux heures, mais elle fit croire à ses parents que la fête commençait à quatre heures, pour n'y aller que pendant les dernières minutes archi-nulles.

Toute la famille l'accompagna en voiture chez Franck Biglo. Même Crapotin, que Pock trimballait dans un pot à yaourt.

Julie tenait le gros cadeau de Franck sur les genoux et sombra dans une de ses humeurs-de-dogue-à-l'arrière-de-la-voiture.

Pourquoi avait-il fallu que Rocky aille chez sa grand-mère précisément CE JOUR-LÀ ?

— Elle pleure ! rapporta Pock.

— Même pas vrai ! rétorqua-t-elle en le mitraillant de son regard d'elfe en colère.

— Attendez-moi ici, dit Julie à sa famille quand ils arrivèrent devant chez Franck.

— Allez. Amuse-toi bien, lança Papa. On revient te chercher dans une demi-heure. Quarante minutes maxi.

— Le temps d'aller au supermarché, précisa Maman.

Ils auraient aussi bien pu partir pour la Nouvelle-Zélande.

Mme Biglo lui ouvrit la porte.

— Julie ! Nous avons cru que tu avais changé d'avis. Viens donc dans le jardin. Franck ! Julie est là, mon ange, cria Mme Biglo en direction du jardin.

Julie regarda autour d'elle. Elle ne voyait que des garçons. Des garçons qui se jetaient des insectes modelés en pâte d'amande, des garçons en train de mélanger du Ketchup à du gâteau au chocolat, et des garçons en train de mettre au point une expérience avec du Coca et une sauterelle.

— Où sont les autres enfants ? demanda Julie.

— Tout le monde est là, mon chou. La petite sœur de Franck, Maggie, est partie chez une amie. Je crois que tu connais tous les garçons de l'école. Et puis il y a Nicky et Sandy, nos voisins.

Sandy était un garçon. Nicky aussi. Franck Biglo l'avait bien eue – les filles d'à côté étaient des garçons ! Julie Chonchon, se retrouvait toute seule. La seule et unique fille.

À la fête d'anniversaire, 100 %-réservée-aux-garçons-à-part-elle, de Franck Biglo.

Julie aurait aimé grimper tout en haut de la corde de la balançoire à pneu pour crier comme un singe des forêts tropicales. Au lieu de ça, elle dit :

— Vous avez une salle de bains ?

Julie décida de s'enfermer pour toujours dans la salle de bains des Biglo. Du moins jusqu'à ce que ses parents rentrent de Nouvelle-Zélande. L'anniversaire 100 %-réservé-aux-garçons de Franck devait bien être la CATASTROPHE qui lui manquait.

Elle chercha un truc à faire. Elle ôta le bouchon d'un crayon à sourcils et rajouta des dents pointues sur son T-shirt requin délavé du jour-de-la-rentrée. Stylé !

Toc, toc !

— Ju-lie ? Tu es là ?

Julie fit couler de l'eau pour que Mme Biglo pense qu'elle se lavait les mains.

— J'arrive ! cria-t-elle.

Elle s'était entièrement aspergée, son T-shirt était trempé. Les nouvelles dents du requin commençaient à dégouliner.

Julie ouvrit la porte. Mme Biglo dit :

— Nous te cherchions partout, Franck s'apprêtait à ouvrir ton cadeau.

Dehors, Brad montra le T-shirt mouillé de Julie.

— Les gars ! C'est un requin ! Avec du sang noir qui coule de sa bouche !

— Cool !

— Géant !

— Comment t'as fait ça ?

— Du talent, dit Julie. Et de l'eau.

— Une bataille d'eau !

Brad attrapa un verre d'eau qu'il jeta sur Adam. Mitchell en jeta un sur Dylan. Franck s'en versa un sur la tête en rigolant.

Mme Biglo donna un coup de sifflet qui mit fin à la bataille d'eau.

— Dylan ! Brad ! Vos parents sont là. N'oubliez pas vos pochettes surprises.

Mme Biglo remettait une pochette à chaque enfant au moment de son départ. À la fin, il n'en restait plus pour Julie.

— J'ai dû mal compter, dit Mme Biglo.

— Ou alors Brad en a pris deux, suggéra Franck.

— Tiens, Julie, c'est pour toi. C'était ma première idée, mais je n'en ai pas trouvé assez.

Mme Biglo lui donna une mini-collection de pierres précieuses dans une boîte en plastique transparent ! De minuscules petites pierres d'améthyste et de jade. Même une d'ambre toute friable.

— Merci, madame Biglo ! dit Julie, avec sincérité. J'adore les collections. Les pierres et tout et tout. Un jour mon frère a cru qu'il avait trouvé une vraie pierre de lune.

— Franck adore les collections aussi, expliqua Mme Biglo. Tous les garçons sont partis, Franck. Emmène donc Julie dans ta chambre pour lui montrer en attendant que ses parents arrivent.

— Allez ! Le dernier en haut est une poule mouillée ! lança Franck.

Il doit collectionner les pots de colle, pensa Julie, et en manger la nuit quand il a un creux.

Les étagères de Franck Biglo étaient couvertes de boîtes rondes et de petits pots pour bébé. Chacun rempli de billes, d'insectes en caoutchouc, de gommes, de trucs et de machins. Julie ne put s'empêcher de demander :

— Tu as des gommes base-ball ?

— J'en ai dix ! dit Franck. Je les ai eues GRATOS le jour où un joueur des Orioles est venu à la bibliothèque.

— C'est vrai ? Moi aussi ! sourit Julie.

Elle faillit dire « Chips ! » mais se retint juste à temps.

— J'en colle une sur mon Panneau Perso, à côté de mon insecte préféré, un scarabée taupin, en face de PASSE-TEMPS – genre, les collections.

— Moi aussi, c'est mon passe-temps, dit Julie.

Il avait aussi deux taille-crayons – une mini-statue de la Liberté et un cerveau – et un petit flip-book de chez Vick. Franck Biglo lui montra sa pièce maîtresse : une pièce de monnaie très rare, une buffalo qu'il gardait dans une tirelire fermée à clé.

— C'est pas encore vraiment une collection parce qu'il n'y en a qu'une.

— C'est pas grave, dit Julie.

Franck collectionnait aussi les bandes dessinées dont de très vieilles comme *Le Frelon vert*, *Richie Rich*, et *Captain Marvel*. Le comble, c'est qu'il avait même une collection de savonnettes, avec des noms d'hôtels très chic sur les emballages.

Julie oublia qu'elle avait envie de partir.

— C'est quoi ça ? demanda-t-elle.

— Une herbe-crapaud, ça attrape des insectes. Ils atterrissent dessus pensant que c'est une fleur, et tombent tout au fond du tube où la plante les dévore.

— Trop fort ! dit Julie. Moi j'ai un gobe-mouches qui s'appelle Dents de la terre !

— Je sais, dit Franck. J'ai bien aimé le jour où tu l'as apporté à l'école, le jour où il avait mangé du steak haché et empestait ton sac à dos et tout.

— Fran-ank ! Ju-lie ! Les Belhumeur sont là.

— Faut que j'y aille alors, dit Julie.

— Merci pour le coffret de têtards, dit Franck, en martyrisant la patte d'un scarabée en caoutchouc de sa collection.

— Au fait, c'est vrai que tu manges de la colle ? demanda Julie.

— J'en ai mangé une fois. Pour un pari.

— Trop fort ! s'exclama Julie.

Une catastrophe pour de vrai

La journée de Julie s'annonçait au plus mal. C'était le jour où Pock, son frère qui puait quand il était petit et qui avait vendu-de-la-terre-pour-de-la-poussière-de-lune, partait visiter, avec sa classe, la maison du président à Washington.

Le pire, c'est que Maman et Papa partaient aussi, ils accompagnaient la sortie.

Et elle, bonne poire, devait rester là terminer son Panneau Perso Julie Chonchon, qui était loin d'être abouti.

— Je crois que mon cerveau a une fuite, dit Julie à sa famille. Je ne trouve plus rien d'intéressant à coller sur mon panneau.

Elle s'affala sur le canapé comme un ballon qui a perdu trois journées d'air.

— À Washington, j'aurais sûrement trouvé des idées, soupira-t-elle.

— Ma chérie, tu sais que cette sortie est réservée aux CP, répéta Maman.

— GRRRR ! répondit-elle.

— On rentrera peut-être un peu tard, prévint Papa. Tu peux aller chez Rocky après l'école. Vous finirez vos exposés ensemble.

— Vous allez bien vous amuser, dit Maman. Et puis ce n'est pas aujourd'hui que commence la Semaine Brosse à Dents ?

Comment avait-elle pu oublier ? Raison de plus pour bouder. Pock allait faire ami-ami avec le président pendant qu'elle, Julie Chonchon, serrerait la pince de M. Molaire et Mme Fil Dentaire.

Pock débarqua dans le salon en se dandinant sous une nappe rayée blanche et rouge, à croire qu'il venait de se prendre un pique-nique volant en pleine figure.

— Qu'est-ce que c'est que ça ? demanda Julie.

— Un costume pour mon exposé LE DRAPEAU ET TOI. Je suis le drapeau.

— Pock, t'es pas censé être LE drapeau. T'es censé raconter ce que le drapeau représente pour toi.

— Eh bien, le drapeau c'est moi, je suis le drapeau.

— Qu'est-ce que t'as sur la tête ?

— Un chapeau. Regarde, j'ai attaché une étoile pour chaque État, comme sur le drapeau américain. Quarante-huit en tout !

— Il y a cinquante États, Pock.

— Non, non. J'ai compté. Je les ai barrés sur ma carte.

— Recompte, dit Julie. Tu as dû oublier Hawaï et l'Alaska.

— Tu crois que le président s'en apercevra ?

— Pock, le président, c'est tout juste s'il ne les a pas créés, les États. Tu parles qu'il s'en apercevra.

— D'accord, d'accord. J'en rajouterai deux.

— Tous les élèves de CP écrivent un poème de drapeau ou dessinent un drapeau pour leur exposé LE DRAPEAU ET MOI. Mon frère, lui, est un drapeau vivant !

— Et alors ?

— Tu as l'air d'une momie emballée dans un drapeau et tu marches comme une banane. C'est ça que tu veux ?

— Je vais voir une chambre tout en or, en or pur. Même les rideaux et les couvre-lits. Heather Strong dit que les lampes sont en diamants.

— Heather Strong ment, décréta Julie.

C'était même pas la peine. Elle allait devoir changer son Panneau Perso. La fête d'anniversaire de Franck n'était plus sa CATA-STROPHE à elle. Franck Biglo avait accepté de manger de la colle par défi ! Et il lui avait offert un petit pot avec six fourmis et une mouche pour Dents de la terre.

Ce rendez-vous manqué avec le président des États-Unis était absolument et clairement sa CATASTROPHE POUR DE VRAI. Toute sa famille, même son frère, le drapeau vivant, se rendait à Washington, pendant qu'elle, Julie Chonchon, allait écouter parler une dent !

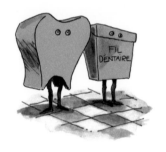

Un événement trop comique

Il pleuvait à torrents. Le père de Julie ne voulut pas la laisser partir à l'école sans parapluie et elle ne trouva que son parapluie jaune à canards du CP. Il était evidemment hors de question d'ouvrir un parapluie de bébé et Julie arriva trempée. Le soleil brille sûrement sur la maison du président en ce moment même, pensa-t-elle. Elle se faisait l'effet d'une bicyclette abandonnée sous la pluie.

— Franck veut rentrer avec nous après l'école, lui dit Rocky dans le bus. Et j'ai un billet-de-dix-dollars-tout-neuf. On ira chez Vick acheter un truc trop fort.

— Tu crois qu'ils ont de l'or chez Vick ?

Julie n'en dit pas plus.

Dans sa dictée, Julie écrivit BOUGEOTTE alors que M. Carpo avait dit ROUGEOLE. En sciences, elle fit tomber la pelote de laine que lui lança Jessica Finch pour leur toile d'araignée géante. La pelote roula par terre et sortit par la porte au moment où Mlle Tuxedo, la directrice, passait sur ses talons aiguilles. Et à la réunion de la Semaine Brosse à Dents, M. Molaire demanda à Julie de jouer le rôle d'une carie. Sur scène. Devant tout le monde.

Elle ne pensait qu'à Pock en visite chez le président, là où elle n'était pas. À voir tout cet or pour de vrai. Allait-il serrer la main du président ? Rencontrer la fille du président ? S'asseoir dans un fauteuil en or ?

— Est-ce que les drapeaux ont le droit de parler ? demanda-t-elle à Franck.

— Seulement si ce sont des drapeaux parlants !

C'était la goutte d'eau. Elle refusait de vivre avec Pock quand il reviendrait de chez le président !

En rentrant, dans le bus, Rocky aspergea Franck avec sa pièce truquée. Franck grogna et essuya les gouttes avec sa manche. Julie fit semblant de trouver ça drôle. En fait, elle pensait : « Pock est peut-être en train de caresser le chiot du président à l'heure qu'il est, à la minute qu'il est. » Quand Rocky dit : « J'ai hâte d'arriver chez Vick », elle grogna.

Tous les trois coururent comme des dératés jusque chez Vick. Rocky ne s'arrêta même pas pour passer en Chine et au Japon selon les règles.

— C'est quoi l'urgence, là ? demanda Julie.

— J'ai besoin d'un truc, dit Rocky, mais c'est le dernier et je veux être sûr de l'avoir !

En arrivant chez Vick, il se dirigea droit vers le comptoir.

— Par ici, appela Rocky. C'est bon !

Julie se hissa sur la pointe des pieds pour mieux voir. Au fond d'une boîte posée sur le comptoir reposait… une main. La main d'un être humain ! Julie faillit hurler. Franck aussi.

C'est là qu'ils s'aperçurent qu'elle était en caoutchouc.

— Qu'est-ce que t'en penses ? demanda Rocky.

— Trop fort ! dit Julie.

— Géant ! dit Franck. On dirait une vraie. Les ongles et tout.

Rocky acheta la main et trois chewing-gums.

— Qu'est-ce que tu vas en faire ? demanda Franck.

— Je ne sais pas, répondit Rocky. Je la trouve chouette, c'est tout.

Arrivée chez Rocky, Julie essaya de travailler sur son Panneau Perso. Mais elle n'était pas d'humeur à trouver un ÉVÉNEMENT COMIQUE. Tout ce qui lui était arrivé de drôle semblait avoir déguerpi. Tous ses moments rigolos étaient sortis de son cerveau comme une colonne de fourmis rentrant d'un pique-nique. Rocky montra à Julie et Franck son collage terminé.

— Là, c'est Thomas Jefferson à la fenêtre de ma maison pour L'ENDROIT OÙ J'HABITE. Je l'ai découpé sur un faux billet.

— Jefferson Street. Classe ! dit Franck.

— Ça c'est un morceau de tissu de mon écharpe quand je me suis cassé le bras, UNE CATASTROPHE. Et là, c'est un rouleau de PQ pour le Club PQ, un club secret dont je fais partie, expliqua Rocky en faisant un clin d'œil à Julie.

— Quel genre de club peut avoir un rapport avec du PQ ? demanda Franck.

— Si je te le dis, ça ne sera plus un secret.

— C'est qui lui ? demanda encore Franck, en montrant un iguane.

— Houdini, MON ANIMAL PRÉFÉRÉ.

— Et ce type qui traverse un mur en brique ?

— C'est la partie que je préfère. Ma mère a pris une photo du vrai Harry Houdini, tu sais, le magicien. Elle l'a trouvé dans un livre à la bibliothèque.

Julie toucha une gousse d'ail.

— T'essaies d'écarter les vampires ou quoi ?

— Ça, c'est pour quand j'ai croqué une gousse d'ail sans le faire exprès. C'était COMIQUE parce que j'ai pué comme un putois pendant une semaine !

— Comme Dents de la terre quand il a mangé de la viande hachée ! dit Franck.

— Comme Pock quand il enlève ses chaussettes qui puent, ajouta Julie.

— C'est toi, ça ? demanda Franck.

— C'est moi avec mon chapeau de magicien en train de faire disparaître un bocal à poissons.

— Dommage que tu ne puisses pas faire disparaître Pock, soupira Julie.

— Dommage que j'aie fini, dit Rocky. J'aurais trop aimé mettre ma main en caoutchouc sur mon collage.

C'est là qu'elle est venue. L'idée. La plus drôle des idées drôles. Comme toutes les bonnes idées, elle tourna autour de la tête de Julie avant d'atterrir à la manière d'un vaisseau spatial.

— Rocky, tu es un génie ! Vite, chez moi ! s'écria Julie. Avec ta main !

— Toi t'es sûrement pas un génie, répondit Rocky. Il n'y a personne chez toi. Qui va nous surveiller ?

— Justement ! Viens. La clé est cachée derrière la gouttière.

— Tu as oublié quelque chose ? demanda Franck.

— Oui, dit Julie. J'ai oublié de jouer un tour à Pock.

Arrivée chez elle, Julie courut dans toutes les pièces à la recherche du meilleur endroit pour laisser la main, un endroit où Pock serait sûr de la voir dès son retour. Le canapé ? L'aquarium de Crapotin ? Le frigo ? Sous son oreiller ?

Où ?

Ici ?

Ou là ?

Peut-être ici ?

Pas mal ici !

Hmm...

Non... j'ai trouvé !

... PARFAIT !

— La salle de bains !

Dans la salle de bains du bas, Julie souleva le couvercle des toilettes, juste un peu, juste assez pour y poser la main, en laissant dépasser le bout des ongles.

— On dirait une vraie main, dit Rocky.

— Je vous parie que ça lui fera tout de suite oublier le président, assura Julie. Sûr et certain.

De retour chez Rocky, ils se précipitèrent à la fenêtre de sa chambre. Chaque fois qu'une voiture passait sur Jefferson Street, ils criaient : « Les voilà ! » Pour finir, le break bleu de ses parents apparut pour de bon.

— On court ! cria-t-elle. Ça y est, ils se garent.

Pock était tellement excité de raconter à Julie, Rocky et Franck tout ce qu'il avait vu chez le président qu'Hawaï et Alaska dégringolèrent de son chapeau.

Qu'est-ce qu'il attend pour aller à la salle de bains ? se demanda Julie.

— Il y a un cinéma, je vous le jure ! À l'intérieur de chez le président. Et une pièce avec une porte secrète. C'est vrai ! Même une horloge qui vous dit quand il est l'heure d'aller prendre un bain, raconta Pock.

— Trop fort ! dit Julie. T'en aurais bien besoin, toi !

Pourvu qu'il aille à la salle de bains, se mit-elle à espérer très fort.

Comme s'il l'avait entendue, Pock interrompit son histoire. Il remit son chapeau sur sa tête, entra dans la salle de bains et ferma la porte derrière lui. On l'entendit verrouiller le loquet.

Maman et Papa demandèrent à Julie comment s'était passée la réunion avec M. Molaire, mais ses oreilles n'écoutaient que la salle de bains.

— AAAAAAAAHH ! hurla Pock en sortant de la salle de bains comme un fou furieux, perdant son chapeau et toutes ses étoiles.

— Maman ! Papa ! Il y a un noyé dans les toilettes !

Julie Chonchon, Rocky et Franck Biglo pleuraient de rire.

Le panneau perso

Le lendemain, Pock regardait Julie terminer son collage en rentrant de l'école.

— Presque fini, dit Julie. On doit le rendre demain.

Pock montra du doigt un coin.

— C'est tout vide à côté du dessin de Dents de la terre.

Julie scotcha une main de poupée de sa collection dans le vide.

— Plus maintenant, dit-elle.

— Une main ? C'est à cause de ta blague ? demanda Pock.

— Oui. C'est mon ÉVÉNEMENT CO-MIQUE, dit Julie, un sourire jusqu'aux oreilles.

— Tu veux dire que tu vas raconter à toute ta classe que je croyais qu'il y avait un noyé dans les toilettes ?

— Pock, je vais te rendre célèbre.

— Tu pourrais changer mon nom quand même ? suggéra Pock.

— Quand même, singea sa sœur.

Lorsque Julie se leva le lendemain matin, il pleuvait de nouveau à torrents. Quelque chose lui dit de se préparer pour un vendredi-de-mauvais-poil.

— On va protéger ton Panneau Perso avec un sac-poubelle, suggéra Papa quand elle le descendit.

— Papa, je ne vais pas porter mon Panneau Perso emballé dans un sac-poubelle.

— Pourquoi pas ?

— Est-ce que Van Gogh a emballé sa *Nuit étoilée* dans un sac-poubelle ?

— Elle n'a pas tort, dit Maman.

— S'il y avait eu des sacs-poubelles à l'époque, je suis sûr qu'il n'aurait pas hésité.

— Chérie, tu devrais prendre le bus et laisser Papa déposer ton collage à l'école après avoir accompagné Pock chez le dentiste, proposa Maman. Ils y vont en voiture puisque Pock présente Crapotin à sa classe aujourd'hui.

— Je veux porter mon Panneau Perso personnellement. Je veux être sûre qu'il ne lui arrivera rien.

— Qu'est-ce qui pourrait lui arriver ? demanda Maman.

— S'il y a une tornade, dit Pock, le vent pourrait l'emporter et le bus roulerait dessus.

— Très, très drôle… fit Julie.

— Tu es déjà bien chargée, dit son père.

Julie avait son déjeuner, la blouse de laboratoire de son père pour s'habiller en docteur pendant son exposé, sa poupée Alissa Vamieu, sa trousse de médecin, et un stock de Tricosteril.

— Bon, d'accord. Mais n'écrase rien et ne le mouille pas, et il me le faut à onze heures et empêche Pock de faire quoi que ce soit.

Elle fusilla son frère d'un de ses plus sévères regards de gnome.

— Nous en prendrons le plus grand soin, assura Papa.

Julie prit le bus avec Rocky qui s'exerçait à l'asperger avec sa pièce magique pour la mille et unième fois.

— C'est bon, on a compris ! Ça marche, ton truc ! lui dit Julie, en essuyant les gouttes sur son visage.

Rocky était plié de rire.

Julie passa la matinée à imaginer tout ce qui risquait d'arriver à son collage. Et s'il tombait dans une flaque au moment où son père ouvrait la portière ? Et si Crapotin s'échappait de la poche de Pock et faisait pipi dessus ? Et s'il y avait une tornade, comme disait Pock…

À onze heures, son collage n'était toujours pas arrivé. Aucun signe de Pock. Ni de Papa.

Julie écoutait à peine les autres enfants raconter leurs Panneaux Perso. Elle avait les yeux braqués sur la porte de la classe.

— Julie, tu es prête ? demanda M. Carpo en la prenant de court.

— J'aimerais passer en dernier, dit Julie.

— Franck ?

— Moi aussi j'aimerais passer en dernier, dit Franck. Après Julie.

Julie regarda le pupitre de Franck.

— Où est ton Panneau Perso ? lui demanda-t-elle.

— Je l'ai pas. Je veux dire, je n'ai pas fini. Je n'ai toujours pas de CLUB, murmura Franck. Et toi ?

— J'attends que mon frère l'apporte, dit Julie en jetant un dernier coup d'œil à la porte.

Il était là ! Pock lui fit signe de le rejoindre dans le couloir. Il n'avait pas l'air dans son assiette.

— Qu'est-ce qui se passe ? demanda Julie.

— Si je te le dis, tu seras du plus-mauvais-poil-qui-existe.

— Où est-il ? répéta Julie. Tu as fait tomber mon collage dans une flaque ? Crapotin a fait pipi dessus ?

— Non, dit Pock, c'est pas ça.

— Où est-il ? insista-t-elle.

— Papa est dans les toilettes des garçons, en train de l'essuyer.

Julie courut jusqu'aux toilettes des garçons, poussa la porte et entra en trombe. Le sol était jonché de serviettes en papier chiffonnées.

— Papa !

— Julie !

— Il est détruit ? Montre !

Papa souleva son collage. Et là, en plein milieu, une grosse tache mauve de la taille

d'une crêpe. Même pas une belle crêpe toute ronde. Non, un gigantesque triangle, déchiqueté, un lac couleur raisin flottant au cœur de son panneau !

— Qu'est-ce qui s'est passé ? hurla Julie.

— Je buvais du jus de raisin, expliqua Pock qui était resté dans l'encadrement de la porte, et j'essayais un truc avec ma paille… Pardon, Julie.

— Pock ! Tu l'as bousillé ! Papa, comment t'as pu le laisser boire du jus de raisin dans la voiture ?

— Écoute, ma chérie, ce n'est pas si terrible. On dirait presque que c'est fait exprès. Je vais parler à M. Carpo. Peut-être qu'il te laissera le week-end pour qu'on l'arrange. On va trouver le moyen de recouvrir la tache.

— On pourrait peut-être l'effacer, dit Pock. Avec une gomme géante.

— Montre !

Julie tint son collage devant elle. La tache mauve n'empêchait pas de voir la Forêt Vierge avec Docteur Julie Chonchon en plein milieu. Et les Tricosteril étaient encore là.

— Tant pis, dit Julie.

— Tant pis quoi ? demanda Papa.

— Ça ira, dit-elle. Au moins un bus n'a pas roulé dessus dans une tornade.

— C'est pas grave ? demanda Pock. Tu veux dire que tu ne vas pas mettre un faux pied dans mon lit ni rien ?

— Non, répondit Julie en souriant avec malice. Mais tu m'as donné une idée.

— Chérie, je sais que tu as passé des heures à préparer ce panneau. On va rattraper ça d'une façon ou d'une autre.

— Je sais ce qu'il faut faire. Pock, passe-moi ton feutre noir.

Ils sortirent tous les trois dans le couloir où Pock extirpa un feutre de son sac à dos. Julie posa le collage par terre et dessina un contour noir autour du grand triangle mauve.

— T'es malade ? demanda Pock. On le verra encore plus !

— C'est le but, dit Julie. Comme ça on croira qu'il a toujours été là !

— Je suis fier de toi, Julie, la félicita Papa, de voir que tu as transformé cet accident en quelque chose de positif.

— C'est censé être quoi ? demanda Pock.

— L'État de Virginie, dit-elle. Celui de Pocahontas et de Thomas Jefferson. *L'ENDROIT OÙ J'HABITE.*

Glaces et Tricosteril

Julie regagna sa classe, enfila sa blouse de médecin, s'avança, et installa son Panneau Perso de façon à ce que tout le monde le voie. Elle se tenait bien droite, comme si son frère n'avait pas presque détruit son chef-d'œuvre avec du jus de raisin. Elle essaya de se donner l'air de quelqu'un qui va devenir médecin et fera de ce monde un monde meilleur. Quelqu'un capable de changer une humeur de dogue en un battement de cils.

Julie parla d'elle et de sa famille, y compris de la fois où son frère avait vendu de la poussière de lune, raison pour laquelle Pock était représenté par un tas de crasse. Elle traça du doigt le contour de l'État de Virginie pour montrer *L'ENDROIT OÙ ELLE HABITAIT*. Elle parla de Rocky, son meilleur ami, et de Franck, son nouvel ami. Elle montra le couvercle d'un pot de colle blanche scotché dans un coin pour raconter à la classe que Franck avait mangé de la colle un jour par défi.

— Et ça c'est Dents de la terre ? demanda Brad. Le truc qui mange des insectes ?

— Oui, répondit Julie. J'ai aussi un chat, mais Dents de la terre est *MON ANIMAL PRÉFÉRÉ.* Quand je serai grande, je deviendrai médecin, je vivrai dans une forêt vierge et je chercherai des médicaments dans des plantes exotiques pour guérir des maladies pourries.

Julie montra la table de pizza, cadeau de M. Carpo, et d'autres trucs qu'elle collectionnait pour signifier les *PASSE-TEMPS.* Elle raconta à la classe entière qu'elle était membre du Club PQ mais qu'elle était tenue au secret pour ces deux lettres PQ.

— Et là c'est une photo que mes parents ont prise de Pock, debout devant la Maison-Blanche dans son costume de drapeau.

Elle expliqua pourquoi c'était sa CATAS-TROPHE à elle.

La partie qu'ils préférèrent tous, c'était la main de poupée sortant des toilettes découpées dans une publicité.

Alors Julie leur raconta comment la CATAS-TROPHE était devenue son ÉVÉNEMENT COMIQUE.

— Vous avez des questions ? demanda-t-elle à la classe.

— C'est qui la vieille dame ? demanda Franck.

Julie expliqua qui était Elizabeth Blackwell, la Première Femme Médecin, et fit la démons-tration de ses talents de docteur. Elle mit le bras de Rocky en écharpe et enroula une bande

autour du genou de Franck.
Elle sortit son faux sang et se
servit d'Alissa Vamieu pour montrer
comment appliquer des pansements.

— Voilà. C'est moi. Julie Belhumeur, dite
Julie Chonchon.

— Très beau travail, Julie! lança M. Carpo.
Un commentaire, quelqu'un?

— J'aime bien la façon dont tu as peint la
Virginie en plein milieu de ton panneau pour
montrer l'endroit où tu habites, dit Jessica
Finch, au lieu de juste montrer une photo de
ta maison.

— Trop cool, ces Tricosteril tatouages!
ajouta Dylan. J'ai une ampoule. Tu peux m'en
mettre un?

— Et moi, j'ai une petite peau arrachée sur
le doigt!

— Et moi une coupure de papier!

— Et moi une piqûre de moustique!

Julie n'eut pas le temps de dire ouf,
que toute la classe portait des
Tricosteril tatouages.

— Julie Belhumeur, tu es un séisme sur roulettes ! s'exclama M. Carpo.

— Ah oui ? demanda Julie. C'est-à-dire ?

M. Carpo rit.

— Disons simplement que tu ne manques pas d'idées.

Ce qui était parti pour être un vendredi-de-mauvais-poil était devenu une journée-trop-géniale. Et ce n'était pas fini. Au lieu de les laisser prendre le bus, Maman et Papa attendaient Julie et Pock pour les emmener manger des glaces chez Mimi Grande Bouche.

— Je prendrai de la glace bleue, Brume de forêt vierge. Comme toi ! s'écria Pock en sautillant sur place. Heureusement que son crapaud ne craignait pas les sauts !

— Est-ce que ta maîtresse est tombée amoureuse de Crapotin ? demanda Julie.

— Oui, et elle a failli faire partie du Club Pipi Crapaud, dit Pock.

Trop fort ! Julie était morte de rire.

— Maman, Papa, je peux dire à Rocky et Franck de venir aussi ?

— Excellente idée, dit Maman.

Devant chez Mimi Grande Bouche, Julie lécha sa boule de Brume de forêt vierge posée sur celle de Chocolat Gadoue, sa préférée. Elle n'avait jamais été de meilleure humeur.

Pock sortit Crapotin de sa poche et le posa sur la table de pique-nique. Crapotin sautilla vers une goutte de glace bleue qui avait coulée du cornet de Rocky.

— Crapotin aime la Brume de forêt vierge ! s'exclama Rocky.

— Et toi, Franck, demanda Julie, tu le finis quand ton Panneau Perso ?

— M. Carpo m'a donné jusqu'à lundi.

— Parce que tu n'as pas encore fini ? demanda Rocky.

— J'ai toujours rien pour les Clubs. Dans le dictionnaire, ils disent qu'il faut être au moins trois pour un club.

Julie regarda Rocky. Rocky regarda Pock. Pock regarda Julie. Tous les trois regardèrent Franck.

— Si tu soulèves Crapotin tout de suite, il y a une chance que tu entres dans un club, dit Julie.

— Vraiment ? demanda Franck.

— Vrai de vrai, dirent Julie et Rocky en même temps.

Franck fronça le nez :

— Je pige pas.

Rocky rit :

— Tu pigeras.

Franck prit Crapotin dans une main.

— À deux mains, dit Julie.

— Comme ça, montra Rocky en rapprochant ses mains.

— Tu n'as qu'à le tenir pendant une minute, dit Pock.

— Je pige toujours pas.

— Attends ! dirent Julie, Rocky et Pock en chœur.

Une demi-seconde plus tard, Franck sentit quelque chose de chaud et d'humide dans sa main. Il loucha et ils s'écroulèrent tous de rire.

«Pour l'éditeur, le principe est d'utiliser des papiers composés de fibres naturelles, renouvelables, recyclables et fabriquées à partir de bois issus de forêts qui adoptent un système d'aménagement durable. En outre, l'éditeur attend de ses fournisseurs de papier qu'ils s'inscrivent dans une démarche de certification environnementale reconnue.»

PAPIER À BASE DE
FIBRES CERTIFIÉES

Le Livre de Poche s'engage pour l'environnement en réduisant l'empreinte carbone de ses livres. Celle de cet exemplaire est de : **390 g éq. CO$_2$** Rendez-vous sur www.livredepoche-durable.fr

Édité par Librairie Générale Française – LPJ
(43 quai de Grenelle, 75905 Paris Cedex 15)

Composition PCA
Achevé d'imprimer en Espagne par UNIGRAF
Dépôt légal 1re publication: avril 2015
32.1111.0/01 – ISBN: 978-2-01-328515-5
Loi n° 49-956 du 16 juillet 1949 sur les publications destinées à la jeunesse
Dépôt légal : avril 2015